(N° 189)

Vente du Samedi 12 juin 1909

HOTEL DROUOT — SALLE N° 9

N° 52 du Catalogue

DESSINS ANCIENS & MODERNES

ESTAMPES

Me ANDRÉ DESVOUGES

M. LOYS DELTEIL

Nº 56 du Catalogue.

CATALOGUE

DES

DESSINS

ET DES

ESTAMPES

Anciens et Modernes

Dont la vente aura lieu

à Paris, HOTEL DROUOT, Salle N° 9

Le Samedi 12 Juin 1909

à 3 heures précises

Par le Ministère de Me ANDRÉ DESVOUGES

COMMISSAIRE-PRISEUR

26, *Rue de la Grange-Batelière*

Assisté de M. LOYS DELTEIL, Artiste-Graveur, Expert

2, *Rue des Beaux-Arts*

CONDITIONS DE LA VENTE

Elle sera faite au comptant.

Les adjudicataires paieront *dix pour cent* en sus des enchères.

M. Loys Delteil remplira les commissions que voudront bien lui confier les amateurs ne pouvant y assister.

MM. les amateurs pourront visiter la collection, 2, *rue des Beaux-Arts*, du Mardi 8 au Vendredi 11 Juin 1909, de 2 heures à 5 heures.

DÉSIGNATION

DESSINS

BOISSIEU (J. J. de) — SMITH (J. R.)?

1. Portraits, d'apr. Van Dyck, signés D. B. — Industry. A l'encre de chine. Trois dessins.

BRACQUEMOND (Félix)

2. Etude de personnage en armure. A l'encre de chine, rehaussé d'aquarelle et de gouache. Signé.
H. 410. L. 290.

BREBIETTE (Pierre)

3. La Nativité. A la plume, lavé d'encre de chine. Signé.
H. 215. L. 145.

BRISSET — PILS — CLERGET — ANASTASI

4. Port de Naples — Vue d'Auxerre — La Hutte, par Feyen-Perrin — Attelage de bœufs — Etudes et Paysages. Huit aquarelles et dessins.

CIGOLI

5. La Sainte Trinité. A la plume, lavé de bistre.
H. 380. L. 257.

COCHIN Fils (Ch. Nic.)

6. Intérieur de cave. A la mine de plomb.
L. 160. H. 132.

COLIN (Gust.) — LAURENS (J.)

7. Paysages. Quatre dessins.

C. N. C. (XVIIIe siècle)

8. L'Ecurie. Encre de chine et sépia. Signé des initiales.

L. 480. H. 308.

CORTE (Juan de la)

9. Monument allégorique à la mémoire d'un Roi d'Espagne. A la plume, lavé de sépia.

H. 440. L. 225.

COURTOIS (J.) dit le Bourguignon ?

10. Combat de cavaliers. A la sépia.

L. 610. H. 350.

DECAMPS (A. G.)

11. Le Chemin montant. Fusain. Signé des initiales.

H. 450. L. 295.

12. Les grosses Roches. Crayon noir, rehauts.

L. 435. H. 245.

DELACROIX (Eugène)

13. Croquis divers. Huit dessins.

DESCAMPS (G.)

14. Tableau des Dames Sainctiner. Portici, 1809. Aquarelle *signée* et *datée*.

L. 255. H. 173.

DIVERS

15. Marine, par Garnerey — Femme assise, d'après Boucher — Vénus et l'Amour (Lagrenée) — Soldat, d'après S. Rosa — Silène — Un Triomphe, d'apr. H. Pader. Six dessins.

16. Sujets divers et Paysages. Six dessins par Bemmel, P. di Pietri, etc.

17. Portrait d'Homme — Le Colombier, gouache par J. Ferry — Portrait de Femme, signé F. B., etc. Seize dessins, gravures, etc., encadrés.

18. Sujets divers et Paysages. Vingt-trois dessins ou croquis, la plupart anciens.

19. Sous ce n°, il sera vendu en un ou plusieurs lots, dix-huit dessins, la plupart du XVIIIe siècle.

ÉCOLES ANCIENNES

20. Projet de Frontispice pour une édition de la Bible — Hercule entre la Vertu et le Vice — La Ste Famille — St Roch et St Sébastien. Quatre dessins par ou attribués à Cipriani, Gandolfi, etc.

21. Ste Famille — Pan et Syrinx — Sujet galant. Trois dessins à la plume.

22. L'Abondance. A la plume, lavé de bistre.

ÉCOLE ANGLAISE (c[t] du XIXe siècle)

23. La Rentrée du troupeau. Peinture. Encadrée.
L. 370. H. 172.

ÉCOLE FRANÇAISE (XVIIIe siècle)

24. Le Galant berger. Peinture.
L. 160. H. 135.

25. Groupes de femmes au pied d'un monument funéraire. A la plume, lavé de sépia et d'encre de chine. Encadré.
L. et H. 210.

26. Un Temple à Trianon? Plume et aquarelle. Sous-verre.

27. Galerie antique. Plume et sépia. Sous-verre.

28. Danaé. Lavis et aquarelle.

29. La Charmille. Plume et encre de chine. Encadré.
L. 250. H. 105.

30. Couronnement de Chaire. A la plume, lavé d'encre de chine.

31. Sujets gracieux. Deux peintures encadrées, se faisant pendants.
H. 225. L. 175.

32. Encadrements pour un almanach. Deux dessins à la plume, lavés de sépia. Collection du Bon Pichon.
L. 245. H. 210.

33. Croquis de la rue — Croquis de 3 personnages. Deux dessins à la pierre d'Italie, légers rehauts de blanc ou de sépia.

34. Académie d'Homme, sanguine par Le Barbier l'aîné, 1775 — L'Amour endormi, sanguine provenant des cartons de N. Pineau — Bacchanale, sanguine d'apr. Chaperon. Trois dessins.

ÉCOLE HOLLANDAISE (XVIIe siècle)

35. Paysages. Six dessins attribués à H. Saftlevent, S. de Vlieger, Breenberg, etc.

ÉCOLE ITALIENNE (XVIIe siècle)

36. Chasse à la Salamandre, par F. Zucchero — Mort de St François Xavier, par C. Maratte — La Vierge et l'Enfant Jésus, par O. Marinari — La Prière. Quatre dessins.

ESCHARD (Ch.)

37. Les Pêcheurs — Paysages. Trois dessins rehaussés, un *signé*. Collection de Chennevières.

FORAIN (J. L.)

38. Dans la Loge. A la plume. Signé et daté : *19 mars 1886.*

N° 78 du Catalogue.

GENOELS (Abraham)

39. Paysage accidenté. A la plume, lavé d'encre de chine.

L. 367. H. 282.

GEOFFROY (Jean)

40. La Prière. Peinture. *Signée.*

GOUACHES

41. Marines (Ecole Hollandaise, fin du XVIIe siècle). Deux gouaches se faisant pendants.

42. L'Hiver. Gouache encadrée.

GUERCHIN (Le)

43. Etude de paysage: Au verso, études de figures. A la plume. Collection Mariette.

L. 252. H. 202.

44. La Vierge de St Blaise? A la plume. On y a joint la gravure, datée de 1628.

GUYS (C.)

45. L'Ouvrier et la Fille. A l'encre de chine.

H. 155. L. 118.

46. Filles et Marins. A l'encre de chine. Collection Nadar.

H. 216. L. 177.

47. Cocotte. A l'encre de chine. Collection Nadar.

H. 206. L. 131.

48. Les deux Cocottes. A l'encre de chine.

H. 243. L. 170.

49. Marchand ambulant. A l'encre de chine. Collection Nadar.

H. 152. L. 132.

50. Cocotte. A l'encre de chine. Collection Nadar.

H. 175. L. 110.

51. Promenade. A l'encre de chine. Collection Nadar.
H. 153. L. 112.

HOUEL

52. La Forge — Paysage. Deux dessins à la sépia.

HUET (Jean-Baptiste)

53. Jeune Femme en buste — Paysanne assise à terre. Deux contre-épreuves de dessins à la pierre d'Italie. Collection H. Destailleurs.

54. Deux têtes de moutons. A la sanguine. Signé et daté 1776.
L. 285. H. 233.

INGRES (J. D. A.)

55. Etudes d'après l'antique. A la mine de plomb, avec annotations. (A subi quelques retouches). Encadré.
L. 175. H. 143.

LAURENCE (attribué à Sir Thomas)

56. Portrait de Femme. Mine de plomb, rehaussé d'aquarelle. Sur vélin.
H. 094. L. 078.

57. Portrait de Femme. Mine de plomb, rehaussé d'aquarelle. Sur vélin.
H. 088. L. 070.

LAVREINCE (d'après N.)

57 *bis*. — L'Indiscrétion, par F. Janinet (E. B. 30). *Superbe épreuve avant* la lettre, imp. en couleurs sans marge, sauf dans le bas où une marge d'un centimètre laisse voir le nom du graveur tracé à la pointe.

LAVIEILLE (Eugène)

58. Marine. Aquarelle.
L. 210. H. 135.

59. Les Chaumières. Fusain.

L. 455. H. 248.

60. L'Ile St Ouen, 1852. Aquarelle, *dédicace*.

L. 490. H. 290.

LEGROS (Alphonse)

61. Etude d'homme nu, accroupi. A la mine de plomb. Signé des initiales.

H. 280. L. 200.

62. Etude d'un torse antique. A la sanguine. Signé.

H. 385. L. 250.

LE PETIT (Alf.). — GRAVELLE

63. Caricatures politiques, 170 dessins pour le *Grelot*. On y a joint un certain nombre de n^{os} du Journal le *Grelot*.

MILLET (J.-F.)

64. Etude de laveuses. Au crayon brun.

H. 250. L 195.

MINIATURE (XVIe siècle)

65. La Présentation au Temple. Sur vélin.

MINIATURE PERSANNE

66. Quatre femmes assises à l'intérieur d'un palais.

H. 202. L. 160.

MONNET (Ch.)

67. Frontispice pour un *Traité de Géographie*. A la pierre noire. Collection du Bon Pichon. Signé et daté : 1762.

H. 305. L. 225.

MOREAU l'architecte (attribué à)

68. Composition allégorique, projet de plafond. A la plume, lavé d'encre de chine.

H. et L. 335.

MORIN (Louis)

69. Soldat autrichien. Compositions pour une illustration. Dix dessins à la plume, un rehaussé d'encre de chine, *signés*.

MORLAND (G.)? — LUTI (B.)?

70. Le Campagnard. — Tête de vieillard. Deux dessins, le second rehaussé de pastel.

MOUCHERON (F.)

71. Le Paysage au pêcheur. Pierre d'Italie et sépia.

L. 175. H. 125.

M*** (XVIIIe siècle)

72. Compositions pour un roman? Vingt-cinq dessins à la sépia, signés pour la plupart : *M. inv.*

NATOIRE (d'après Ch.)

73. L'Eau. Miniature attribuée à Charlier. Encadrée.

PARIZEAU (Ph. L.)

74. La Lettre de l'absent. A la plume, lavé de sépia. Signé et daté : 1793.

L. 425. H. 320.

74. La Lettre de l'absent. A la plume, lavé de sépia. Signé et daté : 1793.

L. 425. H. 320.

75. Scènes familiales. Deux dessins à la sanguine.

RAFFET (A.)

76. Schmerling, colonel d'état-major. 1850. Aquarelle, *signée*.

H. 355. L. 255.

77. Archiduc Charles-Ferdinand, 1850, Aquarelle.
H. 280. L. 190.

78. Soldat autrichien, 28 nov. 1852. A la plume. *Signé et daté.*
H. 275. L. 170.

ROBIN (Maurice)

79. Tour de Notre-Dame de Paris. Crayon noir et encre de chine.

ROPS (F.)

80. Croquis fait à l'*Ambulance de Longchamps, mai 71.* Plume et encre de chine. Signé des initiales et daté.
L. 280. H. 210.

81. La Mère. Au crayon noir. Signé des initiales.
H. 310. L. 215.

82. Vieille Femme assise. Crayon noir rehaussé de pastel. Collection A. Tricaud. Encadré.
L. 140. H. 110.

SIRANI (Elizabeth)

83. La Prédication. Au lavis de bistre.
H. 255. L. 215.

SOMM (Henry)

84. Femme peignant. A la plume. De forme ovale. Encadré.

SWANEVELT (Herman)

85. Les Voyageurs égarés. A la plume, lavé d'encre de chine.
L. 326. H. 216.

TAUNAY

86. Scène d'émeute. A la plume.
L. 315. H. 210.

N° 112 du Catalogue

VÉRONÈSE (d'après Paul)

87. Jupiter et Léda. Au crayon noir, lavé d'encre de chine. Encadré.

ESTAMPES

BESNARD (P. A.)

88. Tristesse — Chevaux arabes à l'abreuvoir. Deux pièces. Très belles épreuves, *avant la lettre* (une sur japon).

BOIS ANCIENS

89. Sujets divers, environ 78 pièces, extraites du *Tite-Live*, de Schæffer.

BUHOT (F.) — GŒNEUTTE (N.)

90. L'Hiver à Paris, épr. *signée* — La Berceuse — Anvers — Dinan, etc. Cinq pièces. Belles épreuves, *signées*.

CARICATURES

91. Caricatures politiques, 165 pl. par Daumier (2), Grandville, Traviès, Aug. Bouquet, etc., de la *Caricature*, un certain nombre *coloriées*. Belles épreuves.

CHAM

92. *Impressions lithographiques de voyage*, 2 alb. (soit 40 pl.) — La Civilisation à la Porte, suite de 24 pl. Ensemble 3 alb. in-4°, cart. d'éd.

COSTUMES

93. *Costumes civils actuels de tous les peuples connus dessinés d'après nature, gravés et coloriés... par M. Jacques Grasset de Saint-Sauveur*, Paris, 1784 — 3 vol. in-8 (incomplets), 90 pl., dessinées par Desrais et gravées par Mixelle.

DE MACHY (d'après)

94. IVe Ruines Romaines, par De Machy fils. Bonne épreuve, *imp. en couleurs*.

DEROY

95. *Les Rives de la Seine*, 1831. Suite complète de 39 pl. (y compris, titre, carte, cul-de-lampe), en 1 alb. in-4° cart. d'éd. (Epreuves piquées).

DEVÉRIA (A.)

96. Album Lithographique, 1831, couverture et 9 pl. — Les Mois, en hauteur, 10 pl. Ensemble 20 pièces, la plupart en belles épreuves.

DIVERS

97. Sujets galants, 16 pl. d'apr. divers artistes, la plupart sans marges. Belles épreuves.

98. Sujets divers et Paysages, 35 pl. par ou d'après Téniers, Jordaens, Boissieu, Madou, etc.

99. Sujets divers, par Rembrandt, Livens, etc. — Vignettes — Costumes par La Chaussée, etc. Ensemble 24 pl.

100. Le Jugement dernier — Scènes de Tabagie, par Visscher, d'apr. Ostade — L'Amant de la Belle Europe — Sujets divers et Paysages. Neuf pièces. Belles épreuves.

101. Portraits de Femmes et Sujets divers, 69 pièces.

102. Sujets divers, 14 pl. coloriées ou imp. en couleurs.

103. Sujets divers — Vues, par Meryon et autres — Paysages — Termes, par J. Boillot, etc. Cent pièces.

104. Charge sur Louis-Philippe, dessin — Sujets de chasse, lith. par V. Adam et F. Grenier — Sujets de genre. Dix pièces, *coloriées*. Sous-verre.

105. Sujets divers, Paysages, Ornements, etc. 63 pièces.

106. Le Barbier-Walbonne, par Aubertin, d'apr. Isabey, réimpression tirée en couleurs — R. Mengs, par Ravenet — Sophie Zamoyska, par Hopwood, d'apr. Isabey — Ste Pélagie, 9 pl. par V. Adam, coloriées — Costumes allemands (femmes), 8 dessins. Ensemble 12 estampes et 8 dessins.

107. Sujets divers, Portraits, Caricatures, Vues et Paysages, environ 160 pl. anciennes et modernes.

108. Modèles de dessin, 6 pl. par Bartolozzi — La Vierge à la Chaise, par Van den Berghe, d'apr. Raphaël, *imp. en couleurs* — La Lecture des Journaux, dessin par P. L. R. — Portrait, par Raffet. Ensemble neuf pièces.

109. La Comédie — La Musique, etc., 6 pl. d'apr. Cochin — Jeu de l'Oye — Catherine Mignard, par Daullé — Le Tondeur de moutons, par Ruotte, d'apr. Singleton, etc. Seize pièces, plusieurs *imp. en couleurs* ou *coloriées*.

EAUX-FORTES MODERNES

110. Vues et Paysages, 25 pl. par Lalanne, Ch. Jacque, Manesse, Chauvel, Brunet-Debaisnes, etc. Belles épreuves, la plupart *avant la lettre*.

ÉCOLES FRANÇAISE & ANGLAISE (XVIIIe siècle)

111. Henri IV, par F. Janinet, épr. *imp. en couleurs* (sans marges) — L'Enfant Chéry — Première Leçon d'Amour, par J. P. Lévilly, 2 pendants. Trois pièces.

112. *A Calabrian's Family. — Cottagers at... Mount Vesuvius.* Deux pl. par Clément, d'apr. Weber et Gaffier, se faisant pendants. Épr. *imp. en couleurs* (1 pl. mal conservée). — Léopold II, par Durmer, d'apr. Kreizinger — Archiduc d'Autriche, épr. *avt toute lettre.* Quatre pièces.

FANTIN-LATOUR (F.)

113. Ariadne — Vision. Deux pièces. Belles épreuves sur chine (la 1re *avant la lettre*, la 2e avec cadre).

GAILLARD (C. F.)

114. Pie IX, Pape — Comte de Chambord. Deux pièces. Belles épreuves.

115. Tête de cire. Très belle épreuve, *avant la lettre*, sur chine.

GELLÉE (Cl.) — GOLTZIUS (H.)

116. La Tempête (R. D. 5) — Rantzau (H.) (B. 182). Deux pièces.

GONCOURT (J. de)

117. Eaux-fortes d'après les dessins de différents maîtres du XVIIIe siècle et d'après Gavarni. Trente-cinq pièces, y compris des doubles. Belles épreuves.

GREVEDON (H.)

118. Mlle Jawurek — Têtes de Fantaisie. Sept pièces. Belles épreuves. (4 *avant la lettre*).

GUÉRIN (C.)

119. F. X. Richter, Maître de Chapelle de la Cathédrale de Strasbourg, 1785. Belle épreuve.

LAMI (Eug.) — ROBBE (M.)

120. Bal costumé — Orléans (Ferdinand, duc d'), par Henriquel-Dupont — Promenade. Trois pièces. Belles épreuves, une *avant la lettre*.

LEGRAND (L.)

121. Fillette à l'éventail, debout. Très belle épreuve sur japon, *signée.*

LEGRAND (L.) — BEURDELEY (J.) — TISSOT (J.)

122. Mater inviolata — L'Ambulance, Comédie Française — Resserre de charbonnier. Trois pièces. Belles épreuves, une encadrée.

LEGROS (A.)

123. Extase poétique. Belle épreuve, *avant la lettre.*

LEYDE (Lucas de) — ALDEGRAVER (H.)

124. Sujets religieux et divers. Dix-huit pièces. Bonnes épreuves.

LITHOGRAPHIES

125. Sujets galants, par N. Maurin, Barathier, Victor, L. Noel, etc. 30 pl. Belles épreuves.

126. Sujets galants et Têtes de fantaisie, 20 pl. par Gigoux, Grevedon, Julien, etc. Belles épreuves.

LOUIS XVI (Est. relatives à)

127. Louis XVI, médaillon in-12, *avant toute lettre* — *Massacre of the French King,* avec légende anglaise. Deux pièces rares.

MILLET (J. F.)

128. La Bouillie (L. D. 17). Belle épreuve sur chine.

MORLAND (d'après G.)

129. *The Fruits of Early Industry & Æconomy*, par W. Ward, 1789. Bonne épreuve, *coloriée* (doublée).

NANTEUIL (C.)

130. Titres de romances, 61 pl. *avant la lettre*, sur chine.

NAPOLÉON Ier (Est. relative à)

131. La Veillée d'Austerlitz. — Le Rocher de Ste-Hélène. Deux pièces se faisant pendants. Bonnes épreuves, *avant toute lettre*, *encadrées*.

OPTIQUE

132. Vues de Paris et de diverses villes d'Europe, 74 pl. *coloriées* (y compris une pl. sur les *Ballons*).

ORNEMENTS

133. *Plusieurs Modèles des plus nouvelles manières qui sont en usage en l'Art d'Arquebuserie... par Jacquinet...* 1660. Frontispice et suite de 12 pl. rares, en cahier. Belles épreuves.

PARIS (Vues de)

134. Palais-Royal, par Varin frères. — Place projetée devant la Colonnade du Louvre, par Doucet. — Pie VII bénissant les Fidèles au Pavillon de Flore, par Marlet. — Vues diverses. Quatorze pièces.

PORTRAITS

135. Tulden (D.). — Bedford (C^{sse} de) et de Middlesex, par P. Lombart. — Philippe IV, d'Espagne. — Michel Sparenbeeck. — A. Motmans, par C. Visscher. Six pièces.

136. César d'Estrées, par P. Drevet (43-1er état). — Baluze (Et.) par H. Rigaud. — Du Laury (R.), par Edelinck, d'apr. Van Oost. — Madeleine de Lamoignon, par le même, d'ap. de Sève. — Louis XV, par Wille. — M. F. Le Tellier, par Hainzelman. Six pièces. Belles épreuves.

137. *Les Augustes représentations de tous les Roys de France depuis Pharamond jusqu'à Louis XV.* — 64 pl. par Larmessin (sauf la dernière) en 1 alb. in-4° cart. (plusieurs pl. manquent de conservation).

RAFFET — CHARLET — BELLENGÉ — VERNET

138. Sujets divers. Trente-six pièces. Belles épreuves.

RECUEILS

139. Le Peintre-Graveur illustré, par Loys Delteil Tome I à III, en 1 vol. in-4° dem. rel. coins.

140. Blasons des Prevosts, Marchands, Echevins, Procureurs du Roy, etc., de la ville de Paris, recueil d'armoiries découpées et enluminées par Chevillard. — 1 alb. in-4° rel.

REMBRANDT, TIEPOLO, etc.

141. Joseph racontant ses songes — Jésus chassant les vendeurs du Temple — Un Sacrifice — Les Anglais au Salon, etc. Cinq pl. y compris 2 dessins.

REMBRANDT VAN RIJN (d'après)

142. Jésus prêchant, par Norblin, grand in-fol. — Portraits et Têtes de fantaisie, par G. F. Schmidt. Sept pièces. Belles épreuves.

RODIN (Auguste)

143. Printemps. Très belle épreuve sur chine, *signée*.

ROPS (F.)

144. Louis XIV. Très belle et très rare épreuve du 1er état, *avant la légende* et *avec* les croquis.

145. Le Pot au lait (E. R. 133), sur japon, *signée* — Tautin, rôle du Père Lalouette — Faubourg de Cologne, épr. remmargée. Trois pièces. Belles épreuves.

ROPS, FORAIN, GOENEUTTE, WHISTLER (d'après)

146. Planches pour *Paris-Guide*, 1864, par A. Prunaire, épreuves d'essai ou inédites — Pl. pour la Terre, etc. Ensemble 29 pl. la plupart *d'artiste*.

SHANNON (C. H.)

147. Liseuses — Scènes de bain, etc. Cinq pièces. Très belles épreuves (une *signée*).

SPORTS et CHASSES

148. Chasse à courre, Le Rendez-vous, par Régnier-d'apr. O. de Penne, 1853. Belle épreuve, *coloriée*. Encadrée.

149. Le Rendez-vous — Le Cerf à l'eau. Deux pièces par Régnier, d'apr. Monpezat. Belles épreuves, *coloriées*. Encadrées.

150. Chevaux de courses, sous les titres : Confiance, Satisfaction, etc. Douze pièces par G. d'Ammonde, Regnier. Belles épreuves, *coloriées*. Encadrées.

151. Etudes de chevaux. Deux pièces, par H. Lalaisse. Belles épreuves, *coloriées*. Encadrées.

152. Sujets de chasse, 22 pl. par Ch. Aubry, Ulisse, etc. Belle épreuve.

THOMAS

153. *Le Rêve ou les Effets du Romantisme*, couverture et suite complète de 6 pl. accompagnées d'un texte (manque 1 feuille). Exemp. légèrement défraîchi.

TRAVIÈS — DEVÉRIA — ADAM

154. Mayeux, 8 pl. — Sujets divers, par Adam, d'apr. C. Vernet — Voitures. Fêtes des Environs de Paris, etc. Dix-neuf pièces. Belles épreuves.

VERNET (d'après J.)

155. 1re et 2e vues de Marseille, par Aliamet — Vue proche du Mont-ferrat, par Levesque — Les Italiennes laborieuses, par Aliamet. Quatre pièces encadrées.

VINCI (d'après L. de)

156. *Characatures by Leonardo de Vinci from Drawings by Winceslas Holler. Nov. 1786*, p^t^ et 16 pl. — Sujets divers, 35 pièces.

VUES

157. Vues de France : Dunkerque, Cambrai, Lille, Calais, Marseille, etc., 23 pl. par Villeneuve, Jacottet, Ch. Rivière.

WHEATLEY (d'après F.)

158. Les Heures Champêtres : Le Matin — La Soirée. Deux pièces par Thouvenin, se faisant pendants. Belles épreuves, *imp. en couleurs*.

WHISTLER — GAILLARD — RENOIR

159. Alderney Street (la lettre *non encrée*) — Mgr Pie (*av. l. l.*) — Liseuse, d'apr. Renoir. Trois pièces. Belles épreuves.

160. Sous ce n°, il sera vendu un certain nombre de dessins et gravures non catalogués.

FRAZIER-SOYE
GRAVEUR - IMPRIMEUR
153-157, Rue Montmartre
PARIS

www.ingramcontent.com/pod-product-compliance
Ingram Content Group UK Ltd.
Pitfield, Milton Keynes, MK11 3LW, UK
UKHW020227180726
13838UKWH00005B/2232

9 782329 473048